新雅文化事業有限公司
www.sunya.com.hk

米奇驚險漫畫集 ②

翻　　　譯：周怡露

責任編輯：潘曉華

美術設計：王樂佩

出　　　版：新雅文化事業有限公司

香港英皇道499號北角工業大廈18樓

電話：(852) 2138 7998

傳真：(852) 2597 4003

網址：http://www.sunya.com.hk

電郵：marketing@sunya.com.hk

發　　　行：香港聯合書刊物流有限公司

香港新界大埔汀麗路36號中華商務印刷大廈3字樓

電話：(852) 2150 2100

傳真：(852) 2407 3062

電郵：info@suplogistics.com.hk

印　　　刷：中華商務安全印務有限公司

香港新界大埔汀麗路36號

版　　　次：二〇一八年十月初版

"The Christmas Tree Crimes" written by Abramo and Giampaolo Barosso, art by Romano Scarpa, inked by Giorgio Cavazzano, coloured by Digikore Studio

"A Goofy Look At Snow" written by Jos Beekman, art by Michel Nadorp, coloured by Sanoma with Travis and Nicole Seitler

"Caught Out", "Safety First" written and art by Wilfred Haughton, coloured by Digikore Studios

"While We Were Waiting" written by Maya Åstrup, art by Joaquín Cañizares Sanchez, coloured by Digikore Studios

"The Chirikawa a Necklace" written and art by Romano Scarpa, inked by Rodolfo Cimino, coloured by Digikore Studios with Deron Bennett

"Statuesque Scholar" written by Jan Kruse, art by Maximino Tortajada Aguilar, coloured by Sanoma with Travis and Nicole Seitler

"Something Turns Up", "Have Brain, Will Travel", "Cat Crusader" written by Bill Walsh, art by Manuel Gonzales, coloured by Digikore Studios

"Shadow of the Colossus" written by Andrea "Casty" Castellan, art by Giorgio Cavazzano, coloured by Disney Italia with Travis and Nicole Seitler

"The Man Who Wasn't There" written by Cal Howard, art by Tony Strobl, coloured by Digikore Studios

ISBN: 978-962-08-7142-9

© 2018 Disney Enterprises, Inc.

Published by Sun Ya Publications (HK) Ltd.

18/F, North Point Industrial Building, 499 King's Road, Hong Kong

Published and printed in Hong Kong.

失落的
太陽神銅像
之謎

繪畫：Giorgio Cavazzano；着色：Disney Italia

目錄

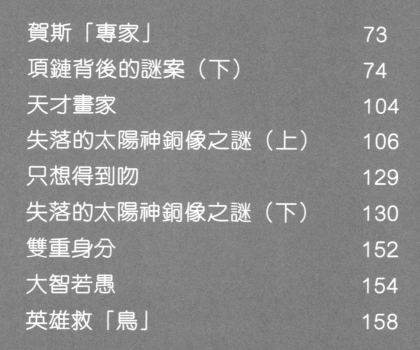

WALT DISNEY'S MICKEY MOUSE

聖誕樹搶劫案

平安夜，一羣好朋友聚集在高飛家裏……
當然少不了我們的大明星米奇！

夢幻的彩燈，閃亮的聖誕樹，空氣中還彌漫着淡淡的松香，真是一個美妙的晚上！

當然美妙了，為了這個聖誕節，高飛可沒少費心思，他常說：「在聖誕節，沒有什麼比一棵完美的聖誕樹更重要了！」

當然啊！沒有聖誕樹的聖誕節，怎麼能算真正的聖誕節呢！對了，你們有沒有發現這棵聖誕樹的「腿」斷了呢？

D-370-B

初刊於：*Topolino* #370 (Italy, 1962)

高飛的聖誕樹遭遇了什麼事情？說來話長，恐怕得從幾天前說起。在幾天前的早上，米奇和姪子莫蒂，還有米妮到鼠城商店購物……

嘩！好漂亮啊！

米妮、莫蒂，我們進去給朋友們挑選些聖誕禮物吧！

想挑選特別的聖誕禮物嗎？請到這裏看看吧，保證能讓你滿意！

咦，怎麼回事？

救命呀！

聽好了，全部舉高手，站到一邊去！

我的天啊！

快去把聖誕樹搬出來！

聖誕樹被搬走了……

斯利姆已經把其他的聖誕樹放到車上了，這是最後三棵！

喬伊，把造雪機拿來，我們來製造一場大雪！

造雪機來了！

做得好！快給我開啟機器，然後把門關上，讓這裏的人好好享受美妙的「白色聖誕節」吧！

不好了，我們會被凍死的！

呼呼！

雪太大，擋住大家的視線了……別急，待那些劫匪走了再出去！

救命啊，我快凍成冰條了！

不好了，他們居然把門鎖上了。

咔

試試這造雪機能不能幫我們逃出去！

砰！

什麼都沒有，造雪機上一個指紋都沒有！這些劫匪警覺性很高，把一切線索都抹去了！

警長，又發生了一宗搶劫案！泰博園林溫室裏所有的聖誕樹都被搶劫一空，作案手法和鼠城商店發生的劫案如出一轍！

凱西探長！這事……

馬上出發去調查！

今年注定是一個不尋常的聖誕節，聖誕歌的歌聲都被警笛聲蓋過了。

嗚嗚嗚！

不消片刻……

氣死我了！我的顧客來這裏都是為了享受甜甜的花香和放鬆心情，如果你們想……

總之誰也別想打擾我的顧客們的寧靜空間！不論是劫匪還是警察，我都是絕對不會同意的！

明白，我只想知道那些劫匪搶走了什麼？

他們只搶走了喜馬拉雅冷杉。

那種樹名貴嗎？有沒有什麼特殊的價值？

價值？看看這盆黑藍相間的蘭花，它才是真正名貴的植物！那些冷杉不過是用來迎合大眾顧客的便宜貨，常用作為聖誕樹！

怎會有劫匪專挑便宜的東西來搶呢？太奇怪了！

這件怪事也引起了鼠城記者們的關注……

這些案件到底是誰做的？為什麼只搶聖誕樹？你能給市民一個解釋嗎？

請冷靜一點！

據說，劫匪來自外太空，這是真的嗎？他們現在對冷杉感興趣……以後會不會開始搶劫白楊樹或者別的樹？

請大家不要胡亂猜測！這些搶劫案確實比較棘手，目前還沒有任何線索，我們會盡全力調查，爭取早日破案。

與此同時，在不遠處……

金格海默，你快看！那貨車司機好像遇到什麼麻煩了。

我們過去看看，試試能不能幫上忙吧。

剩下的事就不用你們管了！

朋友，把車上的冷杉都搬到這輛車上來，然後乖乖離開！

啊，中了圈套！

米奇正在讀《鼠城日報》上的新聞……

近日發生的連環搶樹案，嫌疑犯的貨車就藏在山頂！劫匪運走了所有的冷杉！

警長，你看這條新聞了嗎？

跟我剛收到的消息比較，這新聞算不上重要了。阿伯城批發商的濱水區倉庫發生了搶劫案，你猜什麼被搶走了？

裝有一萬美元的保險箱安然無恙，那些劫匪卻……

搶走了所有的冷杉？

不，他們不是搶走所有的冷杉，只搶走了喜馬拉雅冷杉。

警長，阿伯城的負責人來了。

米奇是我最得力的偵探朋友。布蘭奇先生，你在電話中告訴我的事，也可以直接告訴他。

他們只搶走了不值錢的喜馬拉雅冷杉，值錢的樹卻一棵沒動！

真的嗎？

這也許是條線索，喜馬拉雅冷杉有什麼特殊的用途或者不為人知的價值嗎？

這種樹耐寒、四季常青、生命力強。最大的特點是便宜，十元就能買一捆，方便進口，就是這些了。

巧合的是……幾天前，來了一位奇怪的顧客，想買走全部的喜馬拉雅冷杉存貨，難道是他策劃了這宗搶樹案？當時我沒有賣給他，因為我們的冷杉存貨已經全部預售了。

他非常想買這些冷杉，甚至願意每棵樹多付十元……但是，我們的預售協議是不能更改的。

你知道這個人的名字嗎？

這個我真説不上來，他是和我的秘書聯絡的。

那我們現在就去找你的秘書問問。

她今天請假了，不過我想她應該在家裏……

但願如此，趕緊走吧！

她就住在這幢大廈，沒記錯的話，應該是三樓。

老天，希望她在家……

鈴鈴！

砰！砰！

繼續敲下去也不是辦法……

我去問問大廈管理員，看看能不能了解一些情況！

你好，先生。請問芙洛拉‧布魯姆女士在家嗎？

管理員

在啊，我剛剛還看見她跟清潔員，還有另外兩個人一起聊天……

……那兩個人就是樂利來洗衣店的送貨員。然後那兩個送貨員就拿着一大箱子衣服……

一大箱子？

快讓開，芙洛拉‧布魯姆女士可能有危險！

什麼？

砰！

那是清潔員！快給她鬆綁！

嗚嗚嗚！

是那些可惡的送貨員幹的！可憐的芙洛拉·布魯姆女士……他們還把她綁起來，扔進箱子裏帶走了。

好的，我們知道了，女士。警長會馬上去追查的。

我們也得走了！我們要趕緊和布蘭奇先生聯繫，看看還有什麼人預訂了他的冷杉！

不久……

據我所知，我是鼠城唯一的喜馬拉雅冷杉進口商。除了那些被搶走的冷杉外，我還賣給了金格海默和施密特。

新聞中提及的那兩個貨車司機？還有誰嗎？

讓我想想……鼠城商店……那個傲慢的賣花人……還有零售大王芬斯特！

現在還沒聽說芬斯特的冷杉被搶的消息，快去找他！

也許這次我們能趕在劫匪的前頭！

但是……

事實上，昨晚確實有人入室盜竊！

又晚了一步！

你為什麼不報警呢？芬斯特先生。

因為沒有東西丟失啊！

沒有丟失冷杉嗎？

啊？

昨天我們的冷杉都賣光了。你知道的，現在是這種樹的銷售旺季。

是誰買走了喜馬拉雅冷杉呢？你知道他們的名字嗎？

這個能查到的，送貨單上有顧客的地址。不過，有三位顧客沒有提供地址，因為他們是直接到店裏取貨的。

奇怪！送貨單都不見了！我確定把它們放進這個抽屜裏了。難道……昨天被偷走的是送貨單嗎？

我就知道這夥人不會如此罷休的！

啊！讓我想想。雖然送貨單找不到了，但我的送貨員應該記得曾到什麼地方送貨的。

那就馬上聯繫他吧！

米奇和奧哈拉警長按照送貨員提供的地址進行搜索。

到東邊的街區去，名單上離我們最近的客戶就住在那兒。

但願我們能比那些劫匪搶先到達。

你們是真正的警察嗎？

真正的警……為什麼這麼問？已經有人來過這裏了嗎？

是的！一些執法人員拿走了我們的樹，還說是依照什麼「保護條例」來行動。不過他們看起來還真像三流演員扮演的警察。

我們又來晚了！

就這樣，米奇每到達一個地方，喜馬拉雅冷杉都提前一步被非法地拿走。案件變得越來越撲朔迷離……

他們搶走的樹足夠栽成一大片森林了！有了這麼多樹，他們接下來要做什麼呢？難道要送去木材加工廠嗎？

這些劫匪一定在找什麼東西，但肯定跟木材加工廠無關！

到目前為止，除了客人親自到店裏購買的那三棵外，他們已經得到了鼠城所有的喜馬拉雅冷杉。他們現在肯定在尋找那三棵樹。我們只能等待時機，那三棵樹有消息的時候，也就是我們行動的時候！

此時，在一間簡陋的小屋內……

不！老闆，我們檢查了所有的樹，但是什麼都沒有發現！……是的，還有那三棵樹……但是我們該怎樣找到它們呢？

米奇和奧哈拉警長把希望寄託在那最後的三棵樹上，他們通過報社和電台向公眾發起呼籲，尋找有喜馬拉雅冷杉的市民。

號外！喜馬拉雅冷杉大浩劫！有聖誕樹的快給警察打電話！快來看啊！

希望這辦法有用吧！

機會來了……

擁有喜馬拉雅冷杉的人，請速與奧哈拉警長聯繫。

老闆，他們開始行動了，現在喜馬拉雅冷杉已成為熱門話題了。全城的人都在找這種樹呢！噢……嘿嘿！好主意，我們來跟警察開一個大大的玩笑吧！

第二天，奧哈拉警長接到一個電話……

什麼？我馬上到！

快去接米奇！立刻出發！

我剛剛收到一個重要消息，對破案大有幫助！

太好了！

消息指，在南邊的一間屋子裏有上百棵冷杉！

那我們還等什麼？快走吧！

米奇和奧哈拉警長的車一直向南行駛……

小心點兒，朋友……這種時候可能會有埋伏！

我準備好了，警長！

天啊！這些不就是被偷的冷杉嗎？

看上去真有上百棵冷杉！這些樹都被砍斷了。還有，這是……印着芙洛拉‧布魯姆名字的手帕！

那夥劫匪肯定帶芙洛拉來過這兒，但很顯然他們已經帶着她轉移到別的地方去了。你有發現什麼線索嗎？

這裏只是一個被廢棄的藏身之處，根本沒什麼發現！我們還是不知道那些劫匪想做什麼。

可能他們已經找到了想找的東西，如果沒找到的話，他們也一定跟我們一樣着急。別灰心，我們離真相已經越來越近了！

與此同時，在某一個地方……

這棵喜馬拉雅冷杉正是奧哈拉警長要找的，可是我已經打第三次電話了，每次他都不在……

這麼緊急的事情，你為什麼不親自去一趟警察局呢？順便買一瓶牛奶回來吧！

片刻。

這位市民，你是要匯報什麼情況嗎？

是啊，我有一棵喜馬拉雅冷杉。

我要馬上把這事情告訴警長。

我知道了，感謝你的支持！警長正在……休息！我們就不要打擾他了，我跟你回去拿樹吧。你真是一位良好市民！

就是這棵樹了，警官！

哈，太好了！

別出聲，把手舉起來！你們別動，我要幫這棵樹修飾一下！

救命啊！

你不是警察！

但願這次幸運女神會眷顧我們！

嗞！嗞！

還是什麼都沒有！樹都快鋸碎了，應該不會漏掉的。都怪你們讓我白跑一趟……對了，為什麼不給你們一點小懲罰呢？

為了感謝你們的招待，我沒有把繩子綁得很結實，應該用不了一個小時就能解開，然後你們再打掃一下家裏，這樣亂糟糟地過節可不太好！

不是吧？

一個小時（或者兩個小時）後……

你說什麼？又出現了冒牌警察？

最近經常有人假冒警察，一般人很難分辨⋯⋯我們必須想辦法制止這種事情再發生！

對，我們不能讓市民對警察失去信心！

要解決這個問題，唯一的辦法就是儘快破案。我想一定是因為某一棵喜馬拉雅冷杉裏藏了秘密，劫匪才會不擇手段四處找冷杉。喜馬拉雅山橫跨尼泊爾、不丹、印度和⋯⋯

等等⋯⋯印度！

就是它，印度！我很快會回來的，警長！

怎麼了？

鼠城日報社

希望我的推測是正確的。

23

警察辦案！我需要查看你們報社在過去六個月裏的每一期報紙。

啊？

我記得以前讀到過……

哈，在這兒呢！「價值五千萬美元的珍珠項鏈被搶，印度喜馬拉雅山一帶全境封鎖，搜捕劫匪！」從接下來幾個月的報道來看，搶走項鏈的劫匪直到今天還沒有落網！

印度喜馬拉雅山一帶至今仍禁止遊客進入，但那裏的冷杉可以運送到外地！那條丟失的項鏈一定是藏在運給布蘭奇·鮑姆先生的冷杉裏，而且應該至今還沒有被找到！

與此同時……

老闆，剛剛找到的一棵冷杉裏也沒有我們要的東西！我們的人已扮成警察，一直監視奧哈拉和那隻老鼠……我們的行動會非常小心，絕對不會讓人發現的！

不久……

我找到冷杉被搶的原因了，警長！

警方剛剛得到一棵冷杉的消息，我們邊走邊説！

我們要去糖街十六號，趕緊出發！

真是「得來全不費工夫」，謝謝了，警長！這次老闆一定會提拔我的！

是的，老闆，又發現了一棵冷杉！我們的人已經出發，這次肯定也能趕在警察出現前把樹搶走！

在前往糖街的路上，米奇簡單地向奧哈拉警長説明了冷杉被搶和丟失的珍珠項鏈的關係……

我們把這棵樹鋸開看看吧！

不，警長！如果想把那些劫匪引來，就得保證它完好無損！

萬一項鏈在這棵樹裏面，那該怎麼辦呢？

劫匪被捕後，我們就可以把項鏈取回來。噢，電話……

鈴鈴鈴！

這來電是找你的，警長先生！

什麼？還有一棵冷杉？我們馬上到！還有，馬上派警員來糖街十六號，拿走我們剛剛找到的冷杉。

我們馬上出發！你可以在路上詳細說說你的捉拿劫匪計劃！

片刻……

早晨！你真是一位良好市民！奧哈拉警長派我們來搶……不，來拿走冷杉。

好的，警官！

這是收據，請你收好！

我們會在聖誕節之前把樹還給你的！

太好了！鼠城的治安還算不錯，全靠有你們這些好警察呢！

在前往找另一棵冷杉的路上……

我的計劃非常簡單！接下來，我們只要 —— 停車！

停車？

為什麼？我們有要緊的事趕着去辦呢！

想想剛才那通電話！除了司機，沒有人知道我們去了糖街十六號！這顯然是劫匪故意把我們調走的把戲！

吱吱！

看！是那些劫匪！快跟上他們！

隆！隆！

警車趕緊掉頭返回糖街十六號，正好碰到冒牌警察準備帶着那棵冷杉離開！

開快點！後面有警察追來了！

吱吱吱～

吱吱～

路上結了冰，他們的車失控了！

確實如此！

轟隆！

砰！

27

我們這就去逮捕他們！你們趕緊爬出來，舉起雙手……「警官」們！

太好了，冷杉還是完好無損的！

現在我們可以按照你的計劃行動了！

後來，在一個布置豪華的地方裏……

斯利姆、喬伊……我派去假扮警察的人都失敗了嗎？他們還是沒有找到我們想要的樹？

事情的經過就是這樣，老闆！

無論如何，這一次絕對不能再出差錯！我們要找的樹就在奧哈拉手裏，我不管你們用什麼辦法，馬上去監視奧哈拉和米奇！他們的每一個行動都要向我匯報！

是的，老闆！

是的，米奇，開始你的計劃吧！我已經派人把取回來的冷杉放好了。我去接你，然後一起去現場……我們必須要提高警覺，不能被跟蹤，成敗在此一舉！開始行動吧！

我們去接米奇，最後一棵冷杉已經找到了！

聽到了嗎，麥克西？快跟緊他們！

是的，老闆！奧哈拉和那隻老鼠沿着河邊，往郊區方向走了！他們停車的時候，我再向你匯報位置！

警車駛進了郊區。

他們到了，老闆！地點是榆木大街八百八十八號！好的，我們守住這兒等你過來！

一切準備就緒——感謝你的配合，先生！未來幾個小時內，這片區域都會被警察包圍！

嘿嘿！未來幾個小時內，我們早帶着項鏈溜之大吉了！

米奇和奧哈拉警長一離開，一輛可疑的黑色轎車就停在設置了陷阱的小木屋前。為防止車主被人發現，轎車的大燈暗了下來……

來得正是時候，老闆！只有一個警察和一個老頭兒在裏面。我們必須快速行動，因為很快警察就會包圍這裏！

那就快點動手吧！

誰呀？

砰！砰！

我是漢斯！但在你問「漢斯是誰」之前……

我會說「沒有漢斯這個人」！警官，給你一份特別難忘的聖誕禮物！

哎！

嘖嘖，瞧瞧這棵被裝飾得俗不可耐的聖誕樹！還等什麼呢，趕緊給我把樹鋸斷！

什麼?除了杉葉和樹皮,什麼都沒有!

不可能的!這已是鼠城裏最後的一棵喜馬拉雅冷杉,項鏈一定在這棵樹裏面的,繼續鋸!

嗞嗞嗞嗞!

就在這時……

朋友們,你們在準備篝火晚會的柴火嗎?

哎呀,糟糕!

告訴你們個好消息,監獄裏不需要自帶柴火!

警察來了!

我這麼聰明,怎麼可能被你們抓住!

聰明?他是不是對自己有什麼誤解?如果你們的老闆夠聰明的話,就應該能分清哪裏是窗戶,哪裏是門吧?

嘩啦!

項鏈可能真的弄丟了，但是我絕對不會放棄尋找它的！

突然……

怎麼回事？

不許動，你已經被包圍了！

是幽靈黑鬼！

我的「項鏈走私計劃」非常精妙！我可以肯定你永遠無法從我的「聖誕樹森林」裏找到藏有項鏈的那一棵，但是我沒想到，你居然弄了棵假樹來欺騙我！

不，我沒有欺騙你。這就是你的人從糖街搶走的那棵樹！

幽靈黑鬼就這樣被捕了，警方還找到了布魯姆女士，她只是受了驚嚇，沒有受傷。應該說，這算是一個很好的結局了，只是在米奇心裏，始終還有一個問題沒有解決！

聖誕節前的一個下午……

我還是想不通！我們讓幽靈黑鬼以為我們找到了最後那棵樹，實際上它到現在都沒有下落，那條項鏈也下落不明。

嗨，米奇！

高飛，這幾天太忙了，我都沒時間去找你。聽說你出遠門了？

是的，我去州立大學宿舍接我的姪子回家，他要來我這裏過聖誕節！

真不錯！對了，你聽説過聖誕樹搶劫案了嗎？

什麼搶劫案？我們昨天晚上才回來！還有，千萬別和我説跟聖誕樹有關的事！

怎麼了？

我今天清早就去買一棵新的聖誕樹，可是沒有一家商店有貨！

你不是早就買好聖誕樹了嗎？

其實，在去州立大學之前，我早就買了一棵特別漂亮的聖誕樹！而且為了給我的姪子一個驚喜，昨天晚上回來，我就開始裝飾聖誕樹，沒想到樹幹突然斷成兩截，就像被鋸斷過似的，你說怎麼會發生這樣的事呢？

商家為了用驚喜吸引顧客再去光顧，什麼辦法都想得到！

你是指被鋸斷的樹幹裏藏有「驚喜」？

對啊，但就算裏面放了特別的小玩意，也不能弄斷聖誕樹啊！

米奇，你怎麼了？

砰！

我只是跟他閒聊一下，沒想到他就……昏過去了！現在好了，我的聖誕樹斷了……朋友也昏倒了！

圓滿結局，節日快樂！

34

初刊於：*Donald Duck* #50/2008 (Netherlands, 2008)

誠實的說謊者

誠實的說謊者：*Mickey Mouse Annual* #6 (United Kingdom, 1935)

WALT DISNEY'S MICKEY MOUSE

糖果店裏的正邪較量

多麼熟悉的場景！米奇又一次抓住了彼特，警察很快就會趕來把他逮捕歸案。這本來算不上是新鮮事，但你有沒有想過，在等待警察到來的這段時間裏，這對「老搭檔」會發生什麼事呢？

彼特，想不到你會在糖果店偷竊！怎麼説你也打劫過銀行啊！是不是年紀大了，膽子卻小了呢？

閉嘴，臭老鼠！我想偷什麼偷什麼！你怎麼老是陰魂不散的？難道奧哈拉警長就請不真正的偵探嗎？

D 2011-069

噢，其實我只是剛好路過這兒，又剛好遇上你犯案。

我才不信呢！

好吧，這次你猜對了。我留意這家店已經一段日子了，它每兩個月就被搶劫一次……

……我發現不對勁後就仔細研究了每宗案件的資料，你猜猜……

我不猜你也會説的。

所有的線索都指向你，彼特！所以我就在這裏等你自投羅網！

哼，有時候你還頗聰明！

哎喲！我的關節炎發作了！快幫幫我，米奇！哎！快幫我把藥從右邊的口袋裏拿出來！

哼，省點力氣吧，彼特！我才不會上當呢！

初刊於：*Anders and & C:o.* #39/2012 (Denmark 2

你見死不救!

我見死不救?你上次已經用過這種把戲了,不記得嗎?

「在國家博物館裏,我趕去阻止你偷走《蒙娜老鼠》……」

是的,警長!不出所料,果然是他。我把他綁起來了,你們來了就可以直接帶走他。

哼!

哎喲,米奇!我的關節炎發作了!快幫我把藥從右邊的口袋裏拿出來!

什麼?關節炎?

就算我是罪犯,你也不能見死不救啊!快點拿藥給我吧!

好,好!你等一等!

這好像是……糖!

這是甘草和甜橙味的!這可是我吃過最好吃的糖!不過現在……

我該逃命了!

你這個騙子!

隨你怎麼抱怨,面對現實吧!這次是我贏了,老鼠!

你休想逃!

你真不該算計老鼠……

嘩！

尤其是他們大發善心的時候！

哎呀

乖乖等着警察過來接你不好嗎？他們已經在路上了！

我恨你，恨透你了！

嗚嗚！

嗚嗚！

那次算你走運！

哈哈，是的！

沒關係，我的同伴很快就會來救我的！你不會認為我是一個人來的吧？

我真是這麼想的！

哈！你太天真了！不信你往那邊看看！

你能不能有點創意？幾年前你就是這麼說的！

我有說過嗎？

當然！

「你當時正要偷遊樂場準備發給員工的工資，不記得了嗎？」

跟我們得到的消息一樣，他就在這兒！放心，他哪裏也去不了！待會兒見，警長！

哼！

想起來了嗎？我已經吸取了之前的教訓，你是不是也應該學聰明些呢？

沒有人告訴過你，你很煩人嗎？

嘿！還記不記得縮小激光槍？

不記得！

「你當然不想記起啦，哈哈！去年夏天，我剛偷走縮小激光槍，你就跑出來『搗亂』了……」

哎呀！

原來你就是那個監視了史汀醫生一天的人！幸好他及時通知了我！

「你急着要跟那沒用的警長報告。」

是的，我抓住他了，警長！請你快過來吧！

你為什麼這樣高興？別想耍花招，把你的手從口袋裏拿出來！

如你所願！

哎呀！

這是我送給你的最好吃的糖果，米奇！多享受一會兒吧！哈哈！

不要！

嗞！

WALT DISNEY'S
MICKEY MOUSE

來認識一下米奇的好朋友小原子·嗶嗶吧！這位身材小巧、聰明絕頂的朋友，曾經跟隨米奇的老師愛恩馬格學習本領，也和米奇一起經歷過刺激難忘的冒險！

項鏈背後的謎案（上）

I TL 230-AP

今天難得清閒，嘿，小原子，我們到這個地盤看看好嗎？

好啊！

我很愛看泥匠工人工作，看着他們一磚一瓦慢慢蓋房子……

天啊！我……

怎麼了？

小原……子……我有點暈！我……

怎會這樣的？這裏離地面只有兩吋，應該跟畏高症沒關係吧？

初刊於：*Topolino* #230 (Italy, 1960)

不行，我無法呼吸……無法思考……我……

嘿嘿！米奇，不要向那邊走……那裏滿是水泥啊！

不要啊……救命！這是什麼？

水……水泥！

嗞嗞！

我要陷下去了！救命啊！

冷靜點！米奇！米奇！

他真的昏過去了！

別擔心，朋友！我來救你，支持住啊！

嘿！孩子！他沒事吧？

米奇家裏。

他沒事了，孩子。不要緊的，他只是驚嚇過度。

最好帶他去郊外走走，放鬆一下。還有，你的臉色也是藍藍的，好像也不太好呢！

我沒事的，謝謝你醫生！

嗯……梅琳達老鼠……米奇的姑姑！

嘩嘩！米奇經常提起她，是米奇很重視的家人！她肯定能幫助米奇的！

誰呀？請説話啊。電話裏怎麼一直嘩嘩響呢？

你是米奇的朋友？米奇要來探我？當然歡迎了！

當天，一切都像是命運安排好了似的……

梅琳達姑姑邀請我們來她這裏玩，真是太好了！

嘩嘩！對呀！

米奇，我的寶貝！你終於來了！我很掛念你呢！

姑姑，我也很想你！

這是我的好朋友小原子·嗶嗶！

歡迎！歡迎！瞧瞧這藍色的機靈小腦袋，真是太可愛了！

每個人都知道我有一個愛冒險的小姪子！米奇，在我這裏好好感受一下寧靜的生活……

噢！我忘記把籠子的門關上！

嗶！

吱！吱！吱！

還記得我養的天竺鼠吧？看來牠們想出來活動活動筋骨呢！

吱！吱！吱！

快把牠們抓回來！牠們年紀還小，不能在外面亂跑的！

牠們還不知道……這個世界的險惡……
小東西們，給我回來！

站住！

別跑！

吱！吱！吱！

你養了多少隻天竺鼠呀？

只有一百零七隻。

當晚的深夜時分……

好了，總算把所有天竺鼠都救回來了！

太……
太好了……

嘩嘩嘩嘩……

好啦！乖乖地在籠子裏待到天亮！
別亂跑！做個好夢吧！

吱！吱！吱！

好好休息吧，孩子們，就把這兒當成自己的家！

謝謝……

總算結束了，我都開始懷疑來這兒能不能享受到寧靜了……

這是我最愛的搖搖椅，來，坐上去休息一會兒吧！

好的，梅琳達姑姑！

哈哈！真舒服！我要好好休息……

嘿嘿！你覺得好點了嗎？米奇。

小……小原子？我……我又要……

啊……啊……我的頭又開始痛了，快幫幫我！

放鬆點！嘿嘿！我在這兒呢！

雖然有點暈……但不太嚴重。我到底怎麼了？

嘿嘿！米奇，也許你只是欠缺休息，所以現在你先要放鬆！

吃晚飯了，孩子們！

嘩！是梅琳達姑姑最拿手的意大利雜菜湯！

還有我最愛的高能電池！

很高興你們喜歡我的菜呢！

姑姑，你養了天竺鼠很久了嗎？

我喜歡小動物，不過養的時間都不長，以前還養過……

蟬、羊駝、非洲食蟻獸……不過那都是年輕時候的事情了!

我還記得小時候經常去找姑姑玩……那張照片就是姑姑年輕時的樣子,我還保存着這張照片呢!

對了,姑姑……你戴的是奇里卡華族的項鏈嗎?

這條項鏈還在嗎?

咳咳咳咳!

別說這些了,快吃飯吧,涼了就不好吃了!

那條項鏈……不見了嗎?

幾年沒看見它了!吃吧!快點吃吧!

這台破收音機，連音樂也聽不了！

咔！

只是短路了，我把手指放在這裏……

真神奇，它回復正常了！

嗞！嗞！

特別報道！現在插播一條新聞。鼠城市民們，請注意：神秘的鼠城盜竊案連日來不斷發生，繼昨天奶製品盜竊案……

嗞！嗞！

……今天帕奇公園發生了一宗寵物狗綁架案、古茲百貨店裏的二十輛購物車被盜去，還有十台糖果機也被洗劫一空。

嗞！嗞！

政府部門收到了一條神秘的消息：「公雞鳴叫，火雞也難眠！」

什麼？

起牀吧，小原子，我們得走了！

嘿嘿！你在開玩笑吧？

小聲點,我會在路上給你解釋的。不要把梅琳達姑姑吵醒了。

嗯……希望她不要太擔心我們……

親愛的姑姑:
我們有急事不得不先離開一陣子,事情辦妥就會回來!
米奇和小原子

嘿嘿!米奇,那張照片不見了,梅琳達姑姑把它取下來了。

什麼?好吧,難道……

那張照片一定隱藏了什麼秘密,不然為什麼梅琳達姑姑會……

嘿嘿!現在可以說了吧?我們要去哪兒呢?

你也聽到了收音機播出的那條神秘信息:「公雞鳴叫,火雞也難眠!」

這是我和奧哈拉警長約定的暗號，音思就是「米奇，快點來！」

你又要開始工作了！但是醫生説過你要多休息，你會暈倒……

我知道，但是奧哈拉警長現在需要我。休息的事以後再説吧！

片刻……

這不是我們的大偵探和小藍孩嗎？

嗨，凱西探長！

嘿嘿！你好！

噠！

警察局

趁下一宗案件還沒有發生，有什麼需要幫忙的地方，盡管開口吧！

謝謝你，凱西探長，我想先跟奧哈拉警長談談。

……警報器被偷了？請告訴我姓名和地址！

魚缸被偷了？有幾個丟了呢？

鈴鈴！

鈴鈴！

蜂鳴器？還有鞋帶？

你説什麼？他們偷了你的狗？

警員已經趕去你那兒了。

不，你並不是入室盜竊的唯一受害者。

54

我能進來嗎？

是米奇啊，快進來，我的大偵探！

你肯定聽說了，鼠城最近被連串小型盜竊案弄得雞飛狗跳。

更糟的是……

這些小案件之間都好像沒有關連，作案的都是一些小賊，可我總覺得事情沒那麼簡單。

這些案件都是從前天開始的嗎？那些犯人是單獨作案，還是背後有組織支持呢？

呃……現在還查不出任何線索，這就是我讓你來的原因。我完全理不出任何頭緒！

好吧。

你有沒有想過是彼特指使他的手下做的呢？

不可能，他現在還在獄中呢！

記得有一次他找來了一個替身嗎？不行，我要親自去監獄確認一下。

好，我這就給獄長打電話。

米奇說完，就跟小原子匆匆地離開了。

好好看守你的車啊，米奇，別讓小偷在你面前把車偷走了！

凱西探長，不用擔心。

快看，車還在那兒。雖然我認為小偷不會這麼做，但還是有點擔心的。

嘻嘻！剛才凱西探長的話弄得我也緊張了。

其實真的不用擔心，哪個小偷會笨得在警察局前做壞事呢！

嘻嘻！對，那也太笨了！

等一下，車好像被別人動過！

讓我看一看。

天啊！引擎不見了，就在警察局前被偷走了。

你說什麼？

他們還留了字條……

糟糕了!

好好看守你的天竺鼠,你知道怎麼做對你有利。我贏了,小老鼠!

天哪!從昨天開始,我們就被監視了。

別擔心。

汽車不一定要有引擎才能發動……我試試能不能讓汽車動起來。上車吧,米奇。

真有效呢!太好了,小原子,汽車能發動了!

嗚嗚!

哈哈,第一輛小原子發電車出發啦!

嗚嗚嗚!

呼!

是米奇和小原子·嘿嘿！請進來吧！

米奇，很高興見到你！奧哈拉警長説你要來看看彼特。

是的，沃頓先生！

請你在這兒等一會兒，他的第一個探訪者還在裏面。

第一個探訪者？

還有朋友願意來這裏探望彼特嗎？

看起來好像是這樣的。

我倒要看看那是誰⋯⋯

我會再來看你的,彼特寶寶,因為我是最愛你的特魯迪‧凡‧圖布!

哼!

時間到了!

來個道別之吻吧,下次見!

哎喲,快點走吧!

我告訴你,下次她再來,你就告訴她我不在這裏,聽到了嗎?

等一等!

彼特寶寶,它們都是這次來探望你的「紀念品」吧?

多管閒事,真是麻煩鬼!

米奇先生,看到了嗎?

嗯,毫無疑問,裏面的是真正的彼特。

但是特魯迪是誰?

問得好!我也不認識她,不過她選男朋友的品味真的不太好。

總算解釋清楚了，我們的大英雄一路狂奔，繼續跟蹤特魯迪……

呼！幸好她不知道已經被我們監視了。

她在那裏！

一個倉庫？真的很破舊呢！

米奇不能乾等着……

我們跟進去看看……

哎呀，這事還是交給你吧，小原子，我的頭又開始痛了。

好的，我先進去吧。

你看見什麼了？

裏面一個人也沒有呢。

這個倉庫沒有窗戶，也沒有別的門……但，真的是沒有人啊！

為什麼會這樣呢？

嘿嘿！我看過了，真的沒有人。

但是我們明明看到那個女人進去了。

小心點，朋友。

唉，看來我真的病了，而且不知道病因是什麼！

看！這個水泥地上有個古怪的痕跡，看起來像……

嬰兒的奶瓶？

啊……我的頭……怎麼回事……

天啊！我要暈過去了。

當米奇終於
恢復知覺時
……

噗！

嘿嘿！謝天謝地，他終於醒了，梅琳達姑姑。

我在哪兒呢？

噢，我的米奇！

小原子把你帶到這兒的，可憐的米奇。

噢……

我知道我需要休息，但現在不是時候……

米奇，等一下，我的姪子，有些事情我必須告訴你……

必須現在說的嗎？

是……是的。

關於這張照片背後的故事，我知道你一直很好奇……

現在我全部都告訴你，但請你聽完後不要看不起我。

那時候，你還是個小寶寶，只長到我的膝蓋那麼高。有一次，我要單獨照顧你一星期，我緊張極了。

姑姑……

「那時候大家都覺得我嬌生慣養，我便想到用這個機會證明我能照顧好孩子。」

「你特別可愛，我很愛你，幾乎沒有一刻離開過你……」

「直到那可怕的一天來臨，那時……」

「你被抓走了，牀上只留下了一張像謎語一樣的字條。」

「『你的姪子在我們手裏，如果想再見到他，帶你的項鏈來交換！按照我們的指令做，不許報警！』我當時害怕極了……我的姪子……但我下決心一定要把你找回來。」

「我馬上開始行動，心怦怦地跳，匆匆把項鏈放到了一個空奶瓶裏！」

「我按照綁匪的要求，把它丟在一個指定的垃圾箱裏。」

「一小時以後，他們讓我去接你，那是另外一個地點，就在鼠城的西邊。」

「我非常害怕啊，我的姪子。我不知道能不能再看到你。」

「幸運的是，你就在那裏……還跟原來一樣健康活潑。」

米奇，我的姪子！

咕咕！

「我很高興你沒事。沒有什麼比你安全回來更重要了，米奇。」

「不過…奇怪的是，你身上髒兮兮的，不是灰塵，而是……沾滿了水泥。」

那段日子對我來說真的不好過，所以我發誓要把這個秘密保守下去……

姑姑，你不用內疚。你救了我，這才是最重要的。

你用項鏈換回了我，而我身上沾滿了水泥……這一切意味着什麼呢？

你還記得當時接我的地方嗎？現在還能找到嗎？

你為什麼要找那個地方呢？

不久……

你當時就在那個倉庫前面爬來爬去！就是那個位置！

啊！這不就是剛才那個倉庫嗎？

嘿嘿！就是那個女人消失的地方！

沒錯，這絕不是巧合，我必須弄清楚……

等一下。嘿嘿！你可能又會暈倒的了。

這兩件事情之間一定有關係！小原子，我敢肯定！

嗯，特魯迪·凡·圖布，沒有出口的倉庫，那宗綁架……

還有那些小偷……生病的時候，這些事就在我的腦裏不停轉，我感覺就要接近真相了……

一條項鏈把這一切串起來了！

米奇，你還記得那次綁架的事嗎？

我在努力回憶着，但可能那時候太小了，什麼也記不起來。

為了記起被遺忘的往事，米奇不僅要承受一次腦力震盪，還要努力地在意識裏探索，面對心裏的陰影。究竟誰是特魯迪·凡·圖布？項鏈背後有什麼秘密？

未完待續……

賀斯「專家」

看起來真美味，克拉貝兒！

H 24243

哈哈，為了今晚的意大利特色晚餐聚會，我做了很多準備。

真期待！

賀斯還買來了一個羅馬雕像燈，它可是這次聚會的重要擺設！

真漂亮呢！

雖然它有點貴，但物有所值。我是挑選雕像的專家呢！

哐噹！

我只是想打掃一下，你知道我也是打掃專家，只是這次出了點意外。

現在怎麼辦？

別擔心，我可以把燈掛到樹上去……

那我的羅馬雕像呢？

堅持住啊，專家！

哼！

完

初刊於：*Donold Duck* #34/2005 (Netherlands, 2005)

WALT DISNEY
MICKEY MOUSE
項鏈背後的謎案（下）

鼠城近期發生多宗盜竊案，米奇發現這些案件跟奇里卡華項鏈、彼特、彼特的女朋友特魯迪·凡·圖布，甚至他自己小時候被綁架的案件有關。為了喚醒被遺忘的過去，米奇接受具有超能力的小原子·嗶嗶的幫助，希望記起小時候被綁架的片段……

看，小原子的超能力起作用了！

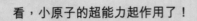

「我……我看到了……」

噗！噗！

「我躺在自己的嬰兒牀上，旁邊的窗户正好開着……」

「一個大男孩和一個看起來很兇的女孩，他們從窗戶爬了進來……」

「他們進來了！那大男孩一點點靠近我！」

初刊於：*Topolino* #231 (Italy, 1960)

「天啊！他抱起我就走，帶着我從窗户跳了出去……」

「一輛兒童腳踏車已在街上等着我們了！」

「車子開動起來，快速地穿過了鼠城……」

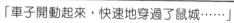

「糟糕！午睡時間到了，我睡着了，什麽都記不起來！」

「我醒過來了，那兩個小孩手裏拿着些東西。」

「現在，他們在説話。我聽不懂他們説什麼……我猜，可能因為我還是個嬰兒。」

「他們再一次把我抱走……」

「又回到了那輛兒童腳踏車上……」

「去……去了鼠城的某個地方。」

「……那裏有一個小倉庫。」

「他們停下來。天啊！」

「那大男孩一把抓起了我,把我扔到倉庫裏!」

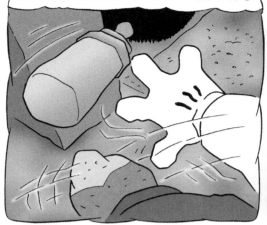

「我手裏的奶瓶掉在地上,地面是軟的,黏黏的,像沼澤……」

「地板搖搖晃晃的,像蹺蹺板一樣,房間也在晃。我要趕緊爬出去!」

「我快要失去意識了……不!我猜我救了自己,但是我身上沾滿了水泥。」

「梅琳達姑姑來了,我已經很久沒看到她親切的笑臉了。」

看,他醒了!綁架的事肯定已經告一段落了。

我看到了什麼?說了什麼?

「終於鬆一口氣了……她抱我親我,然後我們一起回家……」

噗!

對了!是一個大男孩和一個很兇的女孩!

梅琳達姑姑,特魯迪肯定是彼特青梅竹馬的朋友!彼特綁架了我,就是為了得到你的項鏈!

啊?

那時候他就把我藏在了這兒。

嘿嘿!你確定嗎?

非常確定!因為地面剛鋪了水泥,所以表面是軟的,我很快陷了下去,地上甚至還有我的奶瓶的痕跡!快看!

現在我要弄清楚……

嗶嗶！等等，米奇，你會不會再暈倒呀？

再也不會了，小原子！我想是回到小時候的記憶之旅治好了我的頭痛症。

看見了嗎？我精神得很，一點事也沒有！

現在我要弄明白特魯迪是怎麼消失的。會不會有隱蔽的通道……

咚咚！

啊！米奇！

別嚇梅琳達姑姑啊！

砰！

姑姑別擔心，這裏果然有一條通道，下面還有梯子可以爬下去。

居然是一個活動地板！要是在以前，我又要頭暈了！

我敢打賭，特魯迪就是從這裏跑掉的。

好，我們這次肯定能追上她！

但是小原子，還有……米奇！萬一你們受傷了……

沒問題的，米奇的手槍裏裝滿了可以把人擊暈的子彈呢。

那個用來對付一般的壞人還行，可要是遇到其他危險……

小原子的超能力也足以保護我的。

梅琳達姑姑，你也可以幫我們一個大忙。你可以……嗡嗡……咕嚨……

我這就去辦，姪子！你們要小心啊！

朋友，我們進去吧！

也許特魯迪就在通道裏，希望我們落到下面時不要踩在她身上。

但願如此！

不好了！

地板自動合上了！

我們沒有帶手電筒呢。

放心，我可以自己發光⋯⋯

但我抓不緊梯子啊⋯⋯

啊，救命啊！

哎喲，這是條地下河，情況還不算太糟！

啪！

撲通！

你會游泳嗎？小原子，抓住我的手！

你在哪兒？我看不見你，等等，看看我能不能製造點亮光。

嘩！現在我什麼都能看見了！

啊！真希望我什麼都看不見！

你能照亮四周也沒用啊！小原子，快想點辦法離開這條河！

吼！

哈！

嗖！嗖！嗖！

嘿！

牠這是怎麼了？

你的攻擊連犀牛也會能被擊倒，但這鱷魚卻好像不怕，還覺得那是在給牠抓癢癢呢。

吼吼！哈哈！

沙沙沙！

對抗外來侵入者，牠原本稱得上是好衛士的！

是啊！趁牠還在哈哈大笑，我們快點走吧。

哈哈！

這邊走,快點!

祝你們下次好運了,小朋友!

是啊。

下手要快準狠,懂了嗎,小鬼?

自助超市

米奇,看見了嗎?我們應該偷東西……而不應該買……

這兒好像是個犯罪學院。

犯罪學院(進修班)

快點進去好好學習吧!笨蛋!

好,我們一定會的!

噓!

……這就是今天的鐵棍使用課程,下節課我們學習如何跟警察「捉迷藏」,你們會受益匪淺的。

下面有請編號7187講課，他是個新人，可以自由出入奧塔克雷茨監獄。大家鼓掌歡迎他吧！

啪啪啪！

講台交給你了。

謝謝了，兄弟！

今天我來教你們如何應付警察的抓捕，如果被抓到，這招肯定用得上！

我需要一個助手。就你吧！耳朵長得像圓盤的傢伙，上來！

我……我嗎？

我們來玩個遊戲，你當警察，我是小偷，你過來抓我。

玩……玩遊戲？好的。

在警察開口問話前，你就要抓住他的腿……就像這樣！

啊！

還有別的要求嗎？

嗚！沒有了，你回去坐下吧。叮咚！吱吱！

對不起，我看我還是回監獄吧！嗚！我可不想遇到像這隻老鼠一樣的警察。

鈴鈴鈴！

下課鈴響了，再見！

好身手！小老鼠，你遲些教教我吧！

我也要學！

哈！我只是運氣好！

他讓我出手的時候，我並不想真的打他，但他那種人不太容易應付的。

嘿嘿！他們以後不敢小瞧你了。

米奇，看！那邊有扇奇怪的門！

我猜真相就在那扇門後面！

小原子，我們要扮作是這裏的成員，進行深入調查！

這兒就像個迷宮，到底誰是幕後主使呢？

房間A
房間B
房間C
房間D

可能秘密就藏在這間房子⋯⋯

巴克，去清點二十四號倉庫。

每天有二十三趟火車⋯⋯

嗯。

誰有訓練用的手銬？

什麼？你們要去打劫第四大街上的便利店的糖果機？好的，我會把老闆最喜歡的口味清單發給你們。

全體成員注意，我們現在急需九十二個中號的狗項圈。注意，全體成員，馬上設法找齊狗項圈。

他們操控着鼠城的犯罪浪潮！我們必須盡快找到證據，然後……

我剛剛抓到了一名可疑人物！老闆讓我檢查這裏的人的出入紀錄！

哪裏來的藍臉小鬼，竟敢來搗亂？

組織裏混入了間諜，我要把他揪出來……然後扔進鱷魚池。

好的，我這裏有全部人員的出入紀錄，既然老闆要調查，你就把它們帶走吧！

好的，謝謝你。

太好了！我們得到了所有罪犯的名單了。

那我們下一步怎麼做？

現在我們要找出這個組織的頭目。不過，這些檔案可不能讓這裏的人發現。

注意！間諜很可能在大樓西邊……是一隻大耳朵的老鼠和一個被綁着的小藍人！不要和他們交談，但也不要抓他們……

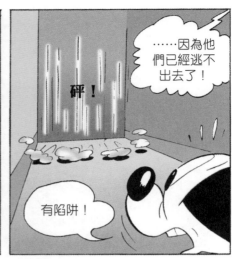

……因為他們已經逃不出去了！

砰！

有陷阱！

你們即將享受到專為間諜而設的一號招待儀式！

嗶嗶！什麼是一號招待儀式？

快跑，小原子！

咔！

一號招待儀式，開始！

啪！

啪！

啪！

嗶嗶！吓吓！這是什麼東西？

蜂蜜蛋糕！我們身上都是黏黏的蜂蜜蛋糕！

沒錯，再來點特別的蜂蜜花粉噴霧！

咳咳！咳咳！咳咳！

最後，四號招待儀式，油漆狂歡派對來了！

油漆狂歡派對？

嘿嘿！那是……

砰！

砰！

享受過前三種招待後，你們的臉色真蒼白！幫你們改善一下臉色怎麼樣？

是紅色油漆！

嘿嘿！

牠們最喜歡紅色了！

天啊！是鬥牛！

啊！

這通道也太窄了！

即使通道寬闊，我們也無處可逃！

快點！進去排氣管道！

嘿嘿！不行！我嚇得動不了！

快來！

嘿嘿！你救了我！

嘿嘿!

我們在哪兒?

真幸運!我們掉下來時把特魯迪·凡·圖布撞暈了!

嘿嘿!看,她就是這裏的老闆!

就是她把我們弄得這麼狼狽的!

老闆

等等!那就是説……小原子,我們在控制中心!

老闆,我們沒有發現間諜,也許鬥牛把他們吃掉了,我們現在該怎麼辦?

哼!你們自己想想吧,別打擾我睡覺!

鼠城的地圖……犯罪地點都已經標記出來了。

嘿嘿!我把她綁緊了。

要不是親眼所見，我真的不相信這個女人居然是鼠城最有影響力的犯罪頭目！

是啊，不過我們現在怎麼才能活着出去呢？

我們必須試着跟外界聯繫。

嘿嘿！這套通信設備看起來可不簡單。

希望它不是只能撥打內線電話。

看！有一條線能撥打外線電話的！

外線

我們來看看它能接通誰的電話。

喂，你能聽到嗎？

聽到了，你按我説的開始搶劫活動了嗎？我需要你分散警方的注意力才能越獄，明白嗎？我要儘快離開這裏！

是，我當然明白！

特魯迪，我的寶貝，為什麼你的聲音好像怪怪的？

噢，沒事，可能是信號不太好。

是彼特！

是嗎？還有，你平時會叫我「親愛的」。我覺得你一點也不像我的特魯迪。

噢，我只是有點不舒服，頭昏腦脹的……

不要騙我了！你到底是誰？

你這個可惡的大笨蛋，你猜不出我是誰嗎？

我最討厭跟你這個壞蛋說話了！

說得對！

米奇，是你？可惡！

開門！你逃不了的！

砰！砰！砰！

啊！我忘了這裏還有壞人，現在怎麼辦？

咔嚓！

他們快破門而入了，準備好了嗎？

砰！

嘿嘿！我準備好了！

米奇，原來你在這裏！

太好了，小原子，奧哈拉警長來了。

嘿嘿！

我一收到梅琳達的消息，就帶着警察趕過來了。我們抓住了所有犯人，只差一個幕後主謀。

我已經幫你抓住她了。

但是，那是……

是的，特魯迪·凡·圖布。我們也是無意中找到這兒的，她通過這些通信設備來控制一切。

發生什麼事了？

快點，警長！我們趕緊去利文沃斯特監獄！

要去監獄？

鼠城的連環盜竊案終於破案了，現在只剩下一件事……

這是許可證，快帶我們去七十一號牢房。

好的。

別裝模作樣了，大爺，有人來看你了。

噹噹！

我就知道會這樣！臭老鼠，出去！我一點也不想看到你！

是嗎？但我很高興見到你，尤其是在這兒見到你！

閉嘴，我恨你！

特魯迪是犯罪組織的大老闆，警長，但是有人在背後當她的軍師。

在這兒？在監獄裏？

他透過通信設備接收特魯迪的消息，設備一定就藏在這裏的某個地方。

我能用我的超能力把它找出來！

嘿嘿！在電動剃鬚刀裏面！這就能解釋他為什麼不刮臉，鬍子長得跟個野人一樣了。

氣死我了！你們一個比一個討厭！

彼特逃獄失敗了，他向米奇坦白了小時候犯的綁架案。

我們把那個小笨蛋扔進貨倉時發現了活動地板。當時，那也是一個犯罪組織藏匿點的入口。

後來我知道警察已把那些人送進監獄。警方本來用水泥把地板封住，但我們去到時，水泥還沒乾，活動地板還沒被封住……

7193

我告訴特魯迪，要是有一天我成了厲害的壞人，我們也把那裏當作藏匿點。

後來，我當然成了一個厲害的壞人！只是我進監獄了……但也不要緊，我就在監獄裏幫她經營犯罪學院。

要是沒有這條項鏈出現的話，簡直是天衣無縫的犯罪計劃！

我曾叫特魯迪扔掉那條項鏈，可是她因為太喜歡就留下了。

嚦！

那條項鏈不但幫忙破了案，還預示着團聚……

我們還要做一件事，這宗案件便圓滿結束了。

是的。嘻嘻！

還給你，梅琳達姑姑。謝謝你救了我……

噢！米奇！這是我的奇里卡華項鏈！

吱！吱！

嘻嘻！呃，牠們又……

完

天才畫家

ZM 50-09-17

埃爾斯沃思，讓你這樣的天才和我住在一起，真是太委屈你了。

別這麼說，朋友。這裏雖然破破爛爛的，但總算能遮風擋雨。

但我已經身無分文，吃晚飯的錢也沒有了。

放心，也許事情會有轉機。

能借給我幾塊錢嗎？明天就還你，我想去買些東西。

沒問題呀，埃爾斯沃思。

繪畫用品

初刊於：*Mickey Mouse* Sunday comic strip (USA, 19

藝術品商店

畫得真是太好了!

當然了!

言歸正傳,這幅畫值多少錢?

嗯……讓我想一想,這樣一幅畫作的確值得我給一個好價錢……朋友,你覺得五百元怎麼樣?

埃爾斯沃思,你……確定自己沒去做壞事嗎?

當然沒有,拿着,放心吧。

啦啦啦……

我應該跟他解釋一下的,不過一定會把他嚇呆了,還是不要說了。

完

105

失落的太陽神銅像之謎（上）

傳說中的羅得島

米奇和高飛來到了羅得島旅行，它是愛琴海上十二羣島中最大的一個島，擁有其中一個古代世界七大奇跡——高聳入雲的羅得島太陽神銅像。

雖然我們沒有看到傳説中的羅得島銅像，但這裏的景色真漂亮呀！

哈，也許那銅像沒有傳説中那麼大！

13-2593-1

初刊於：*Topolino* #2593 (Italy, 200

不是的，高飛，羅得島銅像已經不存在了，要是我沒有記錯的話，它在一次地震中倒塌了。

噢！這是真的嗎？

哈，他們是……

地震在這裏並非罕見的事……

轟隆！

噢，朋友，真的有地震！

天啊！快跑！

米奇！高飛！

那座山在呼喚我們！

什麼？

朋友們，你們還好嗎？是我呀！

是愛拉西亞‧托夫特！我們的考古學家朋友！

我還以為是山神在追趕我們呢！

我剛到這裏幾天，你們什麼時候來到的？

跟你一樣，也是剛到這裏幾天！愛拉西亞，你到這裏來，肯定又有什麼計劃吧？

對呀！我這幾天一直在研究那座山，希望找到傳說中的羅得島銅像的線索。

嘩！真的嗎？

我偷偷跟你說，六個月前，就是前一批研究人員在這裏憑空消失後，我得到了一筆資助來這裏進行調查。

有人憑空消失？

但事實並非如此。我得到了一條線索，地方當局懷疑這隊人找到了一些珍貴的東西……有壞人想得到這些東西才抓了他們。

好了，我現在要去吃點東西，要一起來嗎？

好呀！

嗯……

我很喜歡這歷史悠久的島，它就像一位老人般，靜靜地看着我們。

噢！原來如此！

這就能解釋為什麼我一直覺得被監視了。

！

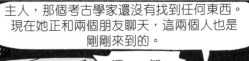

主人，那個考古學家還沒有找到任何東西。現在她正和兩個朋友聊天，這兩個人也是剛剛來到的。

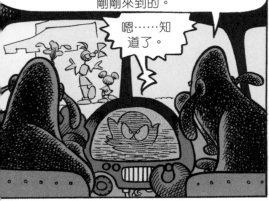

嗯……知道了。

繼續監視！早晚她會找到我想要的東西，到時候……

……我所有的雄心壯志都會實現的了！哈哈！

別再模仿我的一舉一動了！你這隻蠢猴子！

吱吱！

坦白説，關於羅得島銅像的信息非常少，而且很混亂，從來沒有資料準確地描述過這座銅像。

不可能吧？建造銅像的人必須先畫出草圖，才能把它變成實物。

説得沒錯，朋友，這也是我最困惑的地方。

怎麼樣？

我要給你們説一個因為羅得島銅像而心生邪念的故事。正如我們所知道的，傳説……

什麼？

公元前290年，羅得島的人為了紀念赫利奧斯，也就是他們的太陽神，便決定建造一座宏偉壯觀的巨大雕像。

我建議把它建在港口的入口處。

好主意！

偉大的工程師和雕塑家查爾斯負責這個浩大的工程。

憑我的才智，它會成為一個奇跡！

羅得島銅像真是個奇跡！你可以盡最大可能想像它的壯觀。羅得島銅像由銅製成，高達三十米。它高舉着一個巨大的，正在燃燒的火炬，對於航海員來説，火炬的光就像燈塔一樣為他們指引方向。

羅得島銅像看上去能屹立上百年不倒，但是，五十多年後……

地震了！

轟隆！

天啊！快看！

啊！

111

羅得島銅像抵受不了大自然可怕的力量，轟然倒在了人們的腳下，變得支離破碎。

不要啊！

……

噢！

但銅像的碎片到哪裏去呢？人們已經搜查了這個島嶼和附近的海底，卻沒有任何發現。

嗯……

也許以前的人把銅像的碎片藏起來了。

但是誰把碎片藏起來了呢？哪怕給我們這些考古學家留下一小塊碎片，證明銅像真的存在過也好！

也許銅像的事只是一個傳說，它根本就不存在，也就沒有留下碎片了。

嗯？

先生，你的手帕掉了！

噢！這是……

對羅得島銅像的碎片感興趣嗎？帶着一千歐元到碼頭，我會在尼莫斯號船上等你。

説真的，愛拉西亞，我從沒見過這麼囂張的騙子。

但是，萬一他不是騙子呢？不能白白錯過這個機會，我要去看看。

待你們弄清楚所有的事情，我都能買到一件真正的希臘外袍了。

高飛，想要一件古代外袍很簡單，披上一塊牀單，再找一根帶子繫在腰間就可以了。

快看，那裏就是我們的希望！

你好，朋友們，我是伯利克里，以一位偉大的古希臘政治家命名，他也是發明畢氏定理的人呢！

胡説八道，畢氏定理是古希臘數學家畢達哥拉斯發明的。

你有一塊羅得島銅像的碎片，是嗎？

是的，請跟我來吧！

就是它！這是從羅得島銅像身上掉下來的鈕扣！

哈哈，難道銅像還穿夾克嗎？

不，它穿盔甲！這是從銅像的三顆鈕扣中拔下來的一顆。

哈，你説得好像親眼見過傳説中的銅像一樣！

噢！我確實見過那銅像。

真的嗎？

就在上個月，我在羅得島海岸自由潛水，突然……

？

天啊！不可思議！

它就藏在海底深處，有大概十二層樓那麼高。

你是説，過了兩千多年，它仍然完好無損嗎？根本不可能！

我們希臘人早期的建築工藝堪稱一絕，我們的神廟至今仍屹立不倒呢。

我知道這件事説出去沒人相信，所以從銅像胸膛上取下了一顆鈕扣……

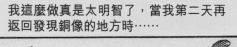

我這麼做真是太明智了，當我第二天再返回發現銅像的地方時……

……銅像不見了！真的！朋友，它自己走了！

等等！你們不相信嗎？

我相信你是個瘋子。

哈哈哈！

也許羅得島銅像趕着去和自由女神像約會呢。

好了，我要回去繼續挖掘的工作，你們想跟我去看看嗎？

求之不得！

就是這裏了！那些失蹤的研究人員發現這片區域是查爾斯的工作室遺址，而查爾斯就是銅像的設計師。

今天我就要挖掘這裏，看看下面埋藏着什麼寶藏！

朋友們，晚上見！

加油！希望你會有大發現！

呼！

呼呼！

我要加油！

主人，那個女孩還在挖掘……

當晚……

愛拉西亞還沒來……

這是可以理解的，要是我挖了一天，肯定也累得爬不起來！

米奇！高飛！

嗯？

我發現了一顆鈕扣！簡直難以置信，那是銅像的鈕扣，十分漂亮！

吱！

我就在今天指給你看的那個地方挖了大約十分鐘……

呼呼！

噢！

……然後我的鐵鏟好像碰到了什麼硬物 —— 原來是查爾斯的檔案室！

檔案室

我發現了這顆銅像的鈕扣，它跟伯利克里有的那個是一樣的！

但是你怎麼知道它是屬於銅像的呢？

因為伯利克里沒有撒謊！看，銅像身上確實有三顆鈕扣！

天啊！

但更奇怪的是這一卷卷的資料，上面說，地震並沒有使銅像消失，相反，這件傑作……

……自己跑掉了。

你説什麼？

別驚訝，朋友們，讓我來告訴你們羅得島銅像消失的真正原因……

查爾斯按照一幅非常古老的機械圖來建造銅像。

你確定要這樣做嗎？

對！我已經掌握了製作方法和找到了這東西！

還有很多工人要往一個巨大的陶瓶裏倒滿檸檬汁，然後放入一根銅棒。

這座銅像的內部結構複雜，是由齒輪、液壓桿、砝碼等組成的一個大型機械系統。

檸檬汁和銅製物品放在一起會產生電化學反應，使銅像可以移動。

愛拉西亞，你是説……

是的，銅像不僅僅是座雕塑……

……它配備了簡單的自動裝置，是一個不折不扣的巨型機械人！它有兩種行動模式，人們通過啟動不同顏色的按鈕來操控它。

綠色按鈕開啟它的『工作模式』……

謝謝你，我們的銅像！

……而黃色按鈕則開啟『防禦模式』。

不用擔心，銅像會保護我們的！

海盜來了！

衝啊！攻下羅得島！那是……

銅像的力量十分強大，輕易就能摧毀整支艦隊。

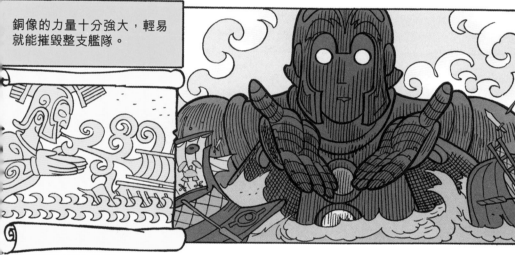

這個鈕扣就是那個操控按鈕，是嵌入銅像胸膛上作為控制機械人的關鍵零件。

好吧，那個藍色圓盤能開啟什麼摸式呢？

資料裏沒有提到，但是我覺得查爾斯沒有為藍色的按鈕設下特定用途。

我不光希望銅像能保護我們，還希望它能為我們攻城掠地！

陛下，我們可以參照黃色圓盤製造一個新圓盤，讓銅像達成你的願望。

由於銅像的保護，羅得島在六年內平安無事，直到野心勃勃的國王阿普萊克斯統治了羅得島……

科學家們和雕刻師們開始研究，最終，他們製作出一個新圓盤……用來發動戰爭的圓盤……

……一個黑色的圓盤！

那個就是伯利克里得到的圓盤。

是的，米奇。但是當國王阿普萊克斯頒下攻擊命令的時候，事情卻失控了。

銅像，去吧！給我拿下那座城市。

哼？你膽敢違抗國王的命令！

……銅像不僅違抗了命令，還走向了地中海深處……

……它來到了海底的一處地方，靜靜地屹立了兩千多年。

可能是他們安裝黑色圓盤時弄壞了銅像的系統，它就像壞掉的電腦一樣不能工作了。

直到最近，伯利克里發現了它，並取走了黑色圓盤……

……於是銅像就蘇醒了！

這就是伯利克里再次返回的時候找不到銅像的原因。沒有了控制圓盤，銅像在海底漫無目的地行走着。

我等不及了，我要向全世界公布我的發現！

嗯？你確定不繼續保守這個秘密？也許我們能夠終止銅像可能引發的悲劇！

那個巨大的玩具士兵就像一個潛在的強勁武器，萬一它不小心落入壞人手裏……

哎呀！對呀！

朋友們，快點！為了安全起見，先把我找到的東西拿回酒店放好。

主人，那個女孩有發現了呢……

是的，我們會馬上行動！

把鬧鐘設在早上五時正，明天我們要去找伯利克里拿黑色圓盤。

拜托，我們一定要那麼早起牀嗎？

我太心急了！那我們就推遲到五時十分吧！

唉，晚安！晚安！

你們這兩個壞蛋，二對一地欺負我，太沒風度了吧？

我們的確沒風度，托夫特小姐……

啊？

……我們絕不介意十對一！

天啊！

米奇、高飛，我被抓住了！

愛拉西亞！我們來晚了！

我們該怎麼辦？

你們吵吵鬧鬧的幹什麼呢？

咦？

是伯利克里！我們要租你的船，情況緊急，趕緊開船吧！

先付給我一千歐元吧！

呃，你這裏能用鼠城信用卡嗎？拜托你別把它刷爆了。

成交，船歸你們了！

我們追不上了，米奇！

只要能看得見就能追得上！

不久……

他們不見了！他們肯定在這些島上找到了藏身之處。

開啟廣播！試着聯繫一下希臘海岸護衛隊。

我開啟了，但只能聽到嗞嗞聲。

嗞嗞！

嗞……能聽到嗎？這裏是海岸護衛隊。你們現在正靠近危險的暗礁區域，請在下一個尖石處右轉。

米奇，聽到了嗎？

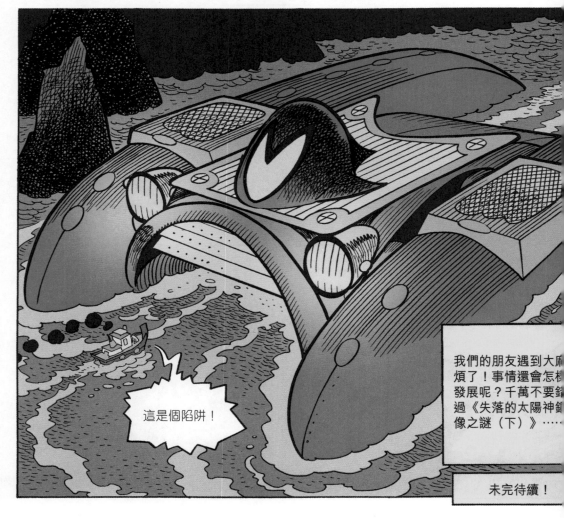

只想得到吻

刊於：*Mickey Mouse Annual* #6 (United Kingdom, 1935)

MICKEY MOUSE AND THE SHADOW OF THE COLOSSUS

失落的太陽神銅像之謎（下）

米奇和高飛去了羅得島度假，遇上了考古學家朋友愛拉西亞·托夫特，得知了一個大秘密：這座島嶼的象徵——傳說中的羅得島太陽神銅像不止是個雕塑，而是一個巨大的早期機械人！不久，愛拉西亞被一夥神秘的紫衣人綁架了，我們的英雄馬上去救人……

銅像復活了

我們上當了！

米奇，那些穿紫衣服的人就是抓走愛拉西亞的壞人！

把他們抓起來，然後仔細搜查這艘船！

不准過來！

初刊於：*Topolino* #2593 (Italy, 2005

我沒聽清楚你在說什麼，大聲點！

沒……沒什麼。

我……我們沒說什麼。

你們是什麼人？

嘿嘿！我們是了不起的紫衣怪盜！

我們是「還原」古老文明，探索失落科技的神秘專業組織成員。

古老文明，失落……你們這種人會對這些東西感興趣嗎？

哼，你真的沒聽說過我們？

給他們看看我們的戰利品！

這種奇跡只有在我們怪盜組織才能出現！

天啊！這是……

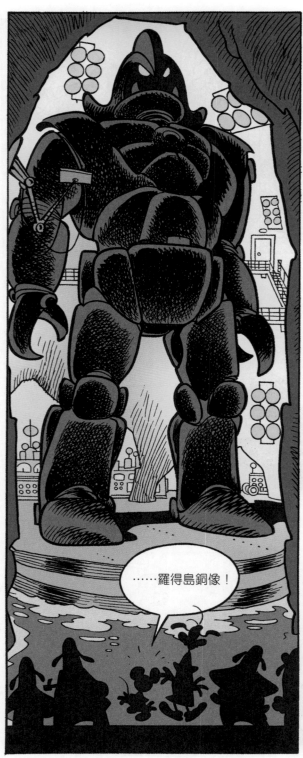

……羅得島銅像！

你們這些笨蛋，真正的羅得島銅像早就被毀壞了，這是……

吱吱！

……羅得島銅像的複製品！

你們可以叫我做不可思議博士，我是這些紫衣怪盜的首領，也是我製造這個大機械人的。

它是我根據查爾斯所使用的機械原理做出來的。

你就是六個月前發現查爾斯工作室後失蹤的研究人員吧？

説得對！這種世上少有的傑出作品，絕對不能放到博物館裏蒙塵！

我剛好需要一個聽話的巨型機械人，那就可以實現我的完美計劃！所以我混入研究人員當中⋯⋯

⋯⋯但是後來我發現，我的「複製銅像計劃」要成功的話，還需要真正的羅得島銅像的控制圓盤，可是它還埋在廢墟裏。

啊？

他不知道我們已經有一個了，噓！

既然有人可以替我找到它，那我為什麼還要浪費力氣呢？托夫特小姐是項目的負責人，我只需要監視她就行了，哈哈！

哈哈！

哼！你把愛拉西亞藏在哪兒？

我把你那個活潑的朋友丟給我的手下，讓他們來「勸」她乖乖合作。

愛拉西亞！

米奇，他想要控制全世界！

哼，原來這就是你的「完美計劃！」

少自作聰明！

但是……對！我在這麼高的時候就立下了這個雄心壯志。

我的夢想馬上要成真了，讓我看看你帶來的好東西，漂亮的女士。

嘿！

怎麼回事？全是一堆沒用的羊皮紙！

藍色的圓盤一文不值！蘭西羅特，拿去玩吧！

吱吱！

黑色圓盤才是我想要的。

但是……

真是不巧，沒有人知道黑色圓盤在哪裏。

主人，看看我們在這兩個闖入者的船上發現了什麼？是黑色圓盤！

糟了！

太好了！

你們這些可惡的強盜、騙子們！

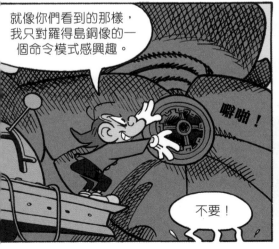

就像你們看到的那樣，我只對羅得島銅像的一個命令模式感興趣。

嘩啪！

不要！

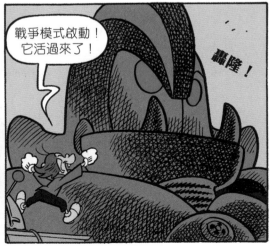

戰爭模式啟動！它活過來了！

轟隆！

全體注意！立刻到裝甲潛艇集合，
征服世界的行動即將開始！

嗚嗚！

感謝你們的
幫助！

哼！滾開，你這個矮子狂人！

還有你，拿着這
個毫無用處的零
件做什麼！

吱吱？

天亮的時候……

我們帶着複製
銅像出發吧！

全速前進！沒有人能阻擋我們！

停下潛艇！

豈有此理，是海岸護衛隊！

你們趕緊去找救兵！他想要發動戰爭，控制世界！

等等……怎麼回事？

閉嘴！別想破壞我的好事！

我的複製銅像，馬上給我清理掉這些「害蟲」！

嘩！

咔！

啪！

啊！

看！那個拉桿是閘門的開關！

看我的！還記得我的彈弓嗎？

噢！我還記得你有近視啊！

請見《米奇驚險漫畫集①》中的故事《尋找失蹤的探險家》。

糟糕！打偏了！

咦？

嘭！

啪！

咚！

嘭！

咚！

咔啦

紫衣怪盜撞上了拉桿，打開了閘門！

主人，那些騙子逃跑了！

我已經看到了，你這個笨蛋！

嗡！

抓住他們，複製銅像！

讓我看看你的本領⋯⋯咳咳！

啪！

那個壞銅像在我們後面緊追不捨！

我們快躲到海邊的懸崖上！

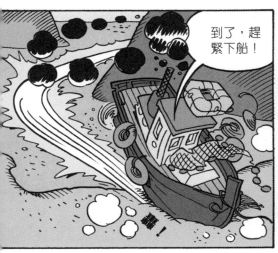

到了，趕緊下船！

它追來了！快跑啊！

快到那個山洞裏！

它的眼睛是黃色的，那是代表⋯⋯

它感應到了它的前黑圓盤被啟動了，所以它回來保衛羅得島！

真不敢相信，這個龐然大物應該在兩千年前就倒塌了！

即使它仍然存在也沒關係，我會打敗它的！

複製銅像，把它撕成碎片！

咔咔！
嚓嚓！
嚓！

噢！

嘭！

嗖！

這是場銅像大戰！

羅得島銅像，快打敗這個冒牌貨！

天啊！冒牌銅像竟然更勝一籌！

嘩啦！

做得好！快把那個銅像扔進火山口，那兒才是它應該待的地方！

噢！不要！

等等，我沒看錯吧，那個冒牌銅像在冒煙嗎？

嗯，你沒看錯。

主人，怎麼辦？我們的參數顯示複製銅像的溫度過高！

你說什麼？

不可能！我的機械人絕對不會出問題的！

嗶！嗶！嗶！

它一直在按照設定執行命令，但是幾秒鐘前……

……它失控了！

噗！

砰！砰！

這傢伙瘋了！

哈哈，壞人自食其果了！

咳！這次算你們走運……

但是別高興得太早，我們會捲土重來的！

等等，真正的銅像跟冒牌銅像一樣出問題了。

這就代表最初的設計者早在黑色圓盤設計出來之前，已使得銅像不能用於發起戰爭。

它看起來累壞了。

這個可憐的銅像剛吃了一場敗仗。

咔咔！

它好像想告訴我們一些事情呢。

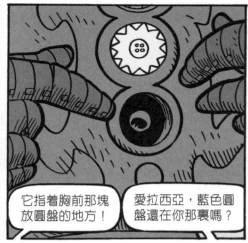

它指着胸前那塊放圓盤的地方！

愛拉西亞，藍色圓盤還在你那裏嗎？

這是你想要的東西嗎？

我猜這是用於自我修復的。

咔！

但願如此！

它在試着站起來！

等等，別走！

它的眼睛變成藍色了！

雖然你是隻壞猴子，
不過……

……我很喜歡小動物，如果你願意改過自新，
我會原諒你的！從此你要做一隻好的猴子，你
懂了嗎？

我們的朋友們回到了檔案室。此時羅得島太陽神銅像已經不知去
向，連同證明它存在的證據也不復存在了。

這裏還有沒有查爾斯
剩下的傑作呢？

唉，希望渺茫。

檔案室

我把所有相關的東西都放在
袋裏了，但是那個袋被紫衣
怪盜搶走了。

吱吱！

？

太好了！看，蘭西羅特
找到了一卷資料。

真是好孩子，蘭西羅特……噢，這卷資料解釋了藍色圓盤的起源！

查爾斯認為，藍色圓盤在正常情況下沒什麼用，但是當銅像面臨失敗的時候，藍色圓盤可以發揮作用。

高飛說得對，藍色圓盤可以激活修復模式，使機械人恢復到最初的狀態，之後它會回到故土。

……那是一個非常繁榮富庶的地方，在海格力斯之柱的另一邊，人們稱之為……

……亞特蘭提斯！

噢，原來如此！

吱吱吱！

雙重身分

埃爾斯沃思，我不在家的時候，你要乖乖的，等我回來給你帶最新出版的故事書吧。

那真是太好了！

ZM 50-12-03

高飛出門了，我可以開始自己的工作了！

嗨，的士！

早上好呀，朋友們！

化學實驗室

不！博士！製造這種炸彈不能加一份X元素和一份Y元素，要加一份X元素和兩份Y元素！你難道想把地球炸掉嗎？

抱歉，我剛剛有點走神。

初刊於：*Mickey Mouse* Sunday comic strip (USA, 1950

這樣子就可以平衡國家預算,並且還能剩下大約四百億元用於公共交通方面。

……減少管道內的壓力就能解決你的麻煩了,將軍!

好了,同學們,今天的課程到此結束!

軍事策略室

真是太感謝你了!

不用客氣!

「於是,小約翰跳起來跟阿爾文說……」埃爾斯沃思,這故事對你來說是不是太難理解了?

有點難度,但可以繼續說。

完

初刊於：*Donald and Mickey* #137 (USA, 1974)

高飛，我當然知道你在哪兒，但是你知道自己在哪兒嗎？

這還用說嗎？我就在斯利姆的雪糕店呀！

米奇，我沒有說錯吧？

沒錯，高飛。

快坐下，我們吃雪糕吧。

好的，米奇。

請給我來兩杯雪糕。

我和米奇一樣，我也要兩份。

不信你可以試試，高飛比你以為的要聰明。

不可能，我會證明給你看的。

嘿，高飛。跟你打五元的賭，證明自己不在這裏。

我不介意跟你打賭，可是我沒有五元。

我有五元，給你，高飛。

謝謝你，米奇。

哈哈！事情越來越有趣了。

156

英雄救「鳥」

埃爾斯沃思，我很快就回來，我出門的時候不要淘氣啊！

放心吧，我保證不會動什麼壞念頭！

ZM 51-03-25

唉，那隻大饞貓又開始偷襲鳥窩了。

獨留孩子在家真危險，鳥媽媽應該時刻待在孩子身邊的！

好吧，這跟我無關！最重要的是，那隻貓可不太好對付！

吱！吱！

沒錯，我還是不要多管閒事了。

初刊於：*Mickey Mouse* Sunday comic strip (USA, 195

158

不行！我還是做不到見死不救！

吱吱！

朋友，你可不能以大欺小的！

要武力解決嗎？大饞貓，吃我一拳吧！

砰！

埃爾斯沃思，你是個英雄，是個勇敢的大英雄！

你想多了，高飛，在我還沒有瘋掉前，快點把這些叫個不停的小東西趕走！

WALT DISNEY 完

159

繪畫：Fabio Pochet；着色：Ronda Pattison